わが肌に魚まつわれり

――室生犀星百詩選

MP ミヤオビパブリッシング

はじめに

生前、二十数編もの詩集を公刊した室生犀星については、選詩集も数多く編まれています。本詩集は十代から七十代にわたる犀星の千三百近い作品のなかから百編を厳選しました。さらに、読者が興味のある分野から読み進められるように、詩のモチーフによっていくつかのジャンルに分けました。

せつなく妖しく、しかしあくまで美しい犀星の詩的世界に迫るうえで、本書は格好の伴侶となることでしょう。

犀星自身、暗い生い立ちを経ており、また容姿に恵まれないこともあって、美しいものや幸福そうな情景に対する憧れをうたった詩に、ときとして苦い感情が見え隠れしています。

ただ草木虫魚、鳥、そして市井の生活や情景に対する犀星のまなざしは素朴で、一貫して優しく、それが、たとえば魚になぞらえて女性の生態をうたったとしても、決して卑俗にならず、品のよさを保っている一つの要因ともなっているのです。

犀星は詩や小説の分野で、魚に対するこだわりを随所にみせた作家でもあります。

「私の初期の抒情詩は魚のことをうたった詩が大部分で――（略）――枚挙に遑《いとま》なきまでにさかなのなにかかに触れたいのぞみを持っていた。さかなはやさしく、女の人のどこかに似ていて、ことさらに生きているのを握ると、生きものの生きていることがはっきりと判ってきて、ちょっとの間、心も弾む思いであった」（『火の魚』）。

晩年の代表作『蜜のあわれ』は、犀星の分身である小説家と、金魚の化身（少女）との交情を、全編対話形式でつづったユニークな作品です。あわせてのご一読をおすすめします。

※本書は『室生犀星全集』（新潮社）を底本としました。
※編集にあたって旧字体を新字体に改め、旧仮名遣いを新仮名遣いに改めました。
※今日では不適切と思われる表現については当時の時代背景、作品としての価値、著者が物故していることなどを総合的に勘案し、原文の表記を尊重しました。
※難読と思われる漢字については編集部で読み仮名を補いました。

もくじ

第四章　いきもの、いのち

第五章　小景異情

第六章　故郷と異郷

何故 詩をかかなければならないか

自分は何故詩を書かずに居られないか
いつもいつも高い昂奮《こうふん》から
火のような詩を思わずに居られないか
自分を救い
自分を慰《なぐさ》め
よい人間を一人でも味方にするためか
ああ　この寂しい日本
日本芸術のうちで
いちばん寂しい詩壇

詩をかいていると
餓死《がし》しなければならない日本
この日本に
新らしい仕事をするため
父母をにえにし
兄姉にうとまれ
世の中よりはのらくらものに思われ
いつも不敵なる孤独に住み
それでいて一日も早く
人類の詩であるように
わからずやの民衆を愛し
いつまでも手をつなぎ合って

毎日毎日仕事をしている私どもも
善《よ》くなろう善くなろうとする私どもも
ああ　あらしが起り
波立ち
自分らの足もとを掻《か》っさらっても
むすんだ魂は離れない
いまに見ろ
この日本の愛する人人が
私共の詩を愛せずに居られなくなる
よい暗示をあたえ
手をとるようにしているのだ
みんなで楽しみ

相抱擁《あいほうよう》し
それで初めてよい日本になりいよう
おれだちを生んだ日本を
私は先《ま》ず讃《たた》えるのだ
そして根本から美しくなるのだ
吾吾《われわれ》詩人は餓死しそうで
餓死することがないのだ
飢えと寒さとは
いつもやって来るけれど
吾吾は餓死しない
生きてゆくことの烈《はげ》しさよ
おお　自分だちが詩をかくことは

生きてゆくことと同じだ
おお

（『愛の詩集』）

第一章 魚

自らの俳号を「魚眠洞」としたように、
犀星は魚に対する思い入れが深い作家です。
さまざまな感情を魚に仮託した詩編を収めています。

愛魚詩篇

わがひたいに魚きざまれ
わが肌に魚まつわれり。

われ、いつのころより
かの魚と燐光《りんこう》をしたいしかは知らざれど
池のほとりに佇《た》つとき
われよりかえりゆく青き魚を見る。
われ、水のなかにひそめるとき

魚もわがこころとともにあり。
われ、おおくの詩篇を焼けども
魚にかかわれるもの
すべてわが血もてはぐくめるもの
手にありてまた水にかえる。

われ、いま人の世の山頂
ただしく魚をいだきて佇てり。

（『青き魚を釣る人』）

凍えたる魚

魚はたえなく水の深きにあり。
その青き泳ぎもみじめに
落ち葉のかげにひそみつつ
凍れるごとく魚は動かず。
水は硝子《がらす》のごとく澄みては流れ
冬の日のかげさし入れど
わがこころ、むなしくたたずみ
かすかなる魚をうかがう。

（『青き魚を釣る人』）

魚とその哀歓《あいかん》

うかびくるはかの蒼《あお》き魚
しずかなる燐光とその哀歓との
かくてもわがこころを去りえず
やわらかく伸びんとする梢《こずえ》には
わが魚はまた泳ぎそめたり
その肌に指ふれんとすれば
指はこころよく
小さき魚のごとし

（『抒情小曲集』）

青き魚を釣る人

ほのかなるなやみのうちに
ひと日過ぎゆき
ひと日しずかにかえりくる。
魚はかたみに青き眼をあげ
噴《ふ》きあげに打たれかなしむ。

藍《あい》のうろこも痛く
つりうどの眼もいたく
魚はかなたにのがれゆき

鉢なでしこの日の表
つよき反射のなかに浮きもかなしむ。

（『青き魚を釣る人』）

鰯《いわし》

鰯があらわれた
喫驚《びっくり》したような眼付《めつき》で
三年ぶりで街にあらわれた
尾も折れていないし
あいかわらずすべすべした
はだかのままだった
深海色の背中のほくろも
大きいくろい眼はとじることなく
瞬《またた》きもせず

天の一角を睨《にら》んでいる
相不変《あいかわらず》お腹を悪くすると見え
海ではたらいた腹の機械は
やぶれたあばらを透いてまる見えだ
恋もしたであろうに
やぶれたお腹に風がとおる
だがしかし鰯があらわれた
まる干しが何と一ぴき一円
ひらいた奴が一円弐拾銭《にじっせん》
かんかんに干せあがり
にくはしまって牛酪《*ぎゅうらく》のごとく

皮をはいで見れば
鼈甲《べっこう》色の肌がある
海のしぶきは遠い山のうしろにある

汽車から下りると
駅から真直に信濃《しなの》街道を
碓氷《うすい》の屋根の雪を見ながら村に入る
草深い村には
どこにも
木々にはもはや一枚の葉も見えない
鰯の行列はしずしずと進み
木々の下を行く

木々には霙《みぞれ》と雨
どこも氷雪地帯の*蕭条無類《しょうじょう》の冬景色だ
三年ぶりであろうか
五年ぶりだったろうか
ついに鰯があらわれた
つるつるしたはだかで。

（『旅びと』）

＊牛酪　……バター。
＊蕭条無類　……ものさびしい様子がこのうえないこと。

祇《ぎ》園《おん》

祇園の夜のともしびに
青き魚さえ泳ぎ出づ
青き魚さえおどるにや
加茂川べりのあたたかさ
飯《いい》もたべずにわがうたう

（『抒情小曲集』）

第二章　恋愛と性

女性に対する賛美や恋心、謙遜とともに、
その裏返しとなる感情もうたわれています。

受話器のそばで

ええ　五時がいいわ、
五時ね、
五時ってもうくらいわね、
五時ってていいお時間ね、
まいりますいつものところね。

（『女ごのための最後の詩集』）

逢《あ》いて来し夜は

うれしきことを思いて
ひとりねる夜はかぎりなきさいわいの波おさまり
小さくうれしそうなるわれのいとしさよ
やがてまた
うれしさを祈りに乗せて
君がねむれる家におくらん

（『青き魚を釣る人』）

街にて

自分は美しい女性を見ると
この人は幸福になれるかと思う
このひとに強い男を与え
はげしい貧《まず》しさにならしめ
雨の中を歩ませ
悩ましたら
このひとの美しさはどんなだろうと思う
このひとによき書籍を与え
その瞳《ひとみ》を活かしたら

このひとの完全さはどんなだろうと思う

（『第二愛の詩集』）

きょうほれてあすわかれ

何度でも女にほれて見たが
ほれるということに際限がない、
際限のないことのうるわしさ、
これだけはこころのなかのものであり、
誰も何もいえないいさかいのものだ、
きょうほれてあすわかれ
あすまたほれてあさってわかれ
毎日ほれて毎日失くする
毎日貰《もら》い毎日こなれてしまう、

茫々《ぼうぼう》　生きて際限もない、……

（『女ごのための最後の詩集』）

結婚時代

自分はやはり女性のことを考える
自分にとっては幸福であり
救済の全てである女性を考える
その美しさを考える
その美しさの中の神に近いものを考える
自分はある女性を恋した
いまそれを考えると
その女性の中に自分の内映《ないえい》を見いだし
その自分の力を恋したのであった

自分はこのごろ初めて女性を見ることが出来
女性を恋してもよい年齢とに逢い
女性に対して立派な肉体をもち
低級な情感をふりおとすことが出来るようになった
自分の輝いた男性を持ち
自分の仕事に自信をもち
自分の結婚時代に立派な姿で出会している
自分はもう若くはない
自分のすることにあやふやなところがない
死よりも強い孤独は迫るけれど
いつもこれらをとりおさえることが出来
それを沈静ならしめる用意がしてあるのだ

自分を愛し
自分とともに来るものは
幸福になり得るであろう
自分とともに苦しみを分つものは
永く永く魂の上に荒い海をかんじるであろう
世間じゅうの平和と
世間じゅうの飢饉《ききん》とに出会するであろう

（『愛の詩集』）

告別式

わたくしまいりましたとき
もう遅かったのよ　だから何も
いえないじゃないの、
皆様に名前も告げずにかえりました。

（『女ごのための最後の詩集』）

ひとりずつがべつにつくられ

おとことおんなのくべつの
何のかげんであんなのが生れたのだろう、
ひとりずつがべつべつにつくられ
べつの言葉とからだをもちながら
わずかな年月を隔《お》いてそして
また愉《たの》しく一しょになる、
誰のいたずらでもなく
命をかけてそれを守るということも
そのわかれめが美しいからだ、

そのわかれめを一生を通じて覗《のぞ》いて来たね、
べつべつにうまれたから会えたのだ。

（『女ごのための最後の詩集』）

抱擁《ほうよう》

光の歩ゆみを追い
草花のうなじ伸べらる。

まことに小鳥よ
噴き果つることなき池の噴井《ふきい》より
わが君は濡れて立ち
光をはらみ光をみがく。

光はとこしえに歩ゆみ

とこしえに浄《きよ》きがうえに恵まる。
浴室に入りて光をもとむる者ら
タオルもて悲しき肌を覆う。

光は積みあがり層をなし
わが君の唇のみ
紅《あか》くさけびてあり、
ひたと抱き交わし、光をはらみ光を磨く。

（『青き魚を釣る人』）

冬の婦人

電車のなかなどで
あかぎれの切れた婦人の手を見ると
私はすぐに目をそらしてしまう
ざらざらした寒さが襲ってくるのだ
きざんだような暗さが荒くよせてくるのだ
婦人だちのあらい水仕事は
きっと手をあれさせるに決っている
ひとつはやはり生活と戦っているからだ
直接に生活の心にふれているからだ
そうわかりながら痛痛《いたいた》しく私は目をそらしてしまうのだ

なかには吹きさらしの寒風に
もう手のかたちさえなくなって
冷たくぬれた蝦《えび》のように
やっと節と節とがつながっているのさえある
それを見つめているとふしぎに私の心まで冷たくなってくる
気の毒だとおもい
よく働いているとおもいながら
つぎの瞬間私は冷たい目つきをしてそれを見まいとするのだ
そこには幸福も凍えあがっている
温かさがみな蒸発してしまっている
あるものは惨《むご》たらしいしゃこのような
むずむずと冷たい歩みをつづける田舎のさかな屋の

石たたみに這《は》う
あかちゃけた心臓のないようなしゃこだ

ある日客があって
婦人は手を見れば美しくあるかないかが解ると言っていた
自分は決して手のきたない婦人をもらうまいと言った
そこへ家内が茶をもって出て来た
私はひいやりとしてその手を見た
あかぎれは切れていないが
しかしやはり紅くなっている
私はいく疋《ひき》となく連れをこさえた蚕《かいこ》のような指を
どこかで見てきたことをおもい

目をふせて火鉢の灰をながめて
すこし沈んだ気になった

暗さはたてからもよこからもくる
冬をおしとめることができないように
よごれる手を拭ききよめられない
冷厳な冬のたましいの底にふれて
きざまれる婦人の手を決して批難はできない
けれども寒くなる
気を荒くしてくる

（『寂しき都会』）

昨日いらっしって下さい

きのう　いらっしってください。
きのうの今ごろいらっしってください。
そして昨日の顔にお逢《あ》いください、
わたくしは何時《いつ》も昨日の中にいますから。
きのうのいまごろなら、
あなたは何でもお出来になった筈《はず》です。
けれども行停《ゆきどま》りになったきょうも
あすもあさっても
あなたにはもう何も用意してはございません。

どうぞ　きのうに逆戻りしてください。
きのういらっしってください。
昨日へのみちはご存じの筈です、
昨日の中でどうどう廻《めぐ》りなさいませ。
その突き当りに立っていらっしゃい。
突き当りが開くまで立っていてください。
威張《いば》れるものなら威張って立ってください。

（『昨日いらっしってください』）

誰かをさがすために

きょうもあなたは
何をさがしにとぼとぼ歩いているのです、
まだ逢ったこともない人なんですが
その人にもしかしたら
きょう逢えるかと尋《たず》ねて歩いているのです、
逢ったこともない人を
どうしてあなたは尋ね出せるのです、
顔だって見たことのない他人でしょう、
それがどうして見つかるとお思いなんです、

いや　まだ逢ったことがないから
その人を是非尋ね出したいのです、
逢ったことのある人には
わたくしは逢いたくないのです、
あなたは変った方ですね、
はじめて逢うために人を捜《さが》しているのが
そんなに変に見えるのでしょうか、
人間はみなそんな捜し方をしているのではないか、
そして人間はきっと誰かを一人ずつ、
捜しあてているのではないか。

（『女ごのための最後の詩集』）

第三章　家族

一家団らんや、生き別れた実母を慕う感情をうたっています。

犀星は満一歳の誕生日を迎えたばかりの愛息を亡くしており、死別の哀しみをうたった一連の詩も収めています。

家族

家族というものは
緑の木かげで食事をしたり
楽しい話をしたりするものだろうか。
美しい妻を招《よ》んで
白い乳母《うば》ぐるまの幌《ほろ》を帆のように立てて
田舎《いなか》の径《みち》をうたいながら行くのは
あれは楽しい家族でなくて何であろう。

だがあれは音楽ではなかったか、
音楽に聞きとれた空想ではなかったか。

（『高麗の花』）

少年の日

私はそのとき如何したまぎれであったか
手に幾つかの銀貨を握《にぎ》っていたのです
そのまま裏町から
国道の長いとおりへ出てゆきました
私はもうはっきりと明日の卒業式に出られないことを考え
みんな友だちの喜びを喜べない位置に
私だけがみんなから撥《はじ》き出されたような
絶望的な悲しさにみたされていました
わたしは修身《しゅうしん》が九点であり

唱歌《しょうか》が十点あるうえに
図画が八点もあったことを考えました
そのあたたかい希《のぞ》みは幼ない私をして
小さい安心を与えてくれましたが
しかし数学と綴方《つづりかた》の殆《ほとん》ど零点に近いことに考え及ぶと
ごっつりと喉《のど》が窒《ふさが》ったように
全くだめだと暗い思いに閉されました

母のまえに一時間ばかりも坐らされたこと
永い間じっと俯向《うつむ》いていたこと
おまえは何をしても駄目だと言われたこと
そういう一一《いちいち》母の言葉を考え出すごとに

実際自分のちからのないことを悟りました
そのうえ私はもう家へかえるのが厭《いや》になってきて
このまま何処か旅籠屋《はたごや》でも行こうかとも思い
わずか手に握っている銀貨が
幾月もの間私が家へかえらなくとも
それだけの生活をささえてくれるような気を起させました
私にとって一切が都合悪くできているような気で
どうしていいかさえ考えつかず
まだ雪のまだらに残った国道の日暮を
ぼんやりと喪心《そうしん》しながら歩いていました
野の果《はて》、村村の陰、または腐りこんだように濡れた
農家の*屋《や》板庇《いたびさし》などに

固い雪の凝《こご》りついたのを見るさえ
まだまだ春がやって来ないこと
家を逃げても野に出られないこと
それらの自然さえもいまは
私の行手をふさいでいるような気がしてならなかった
ひりひりした風が耳のそばで茫《ぼう》茫《ぼう》と吹きつのって
家を飛び出したことまで
しきりに悲しまれて仕方がなかった

（『寂しき都会』）

＊屋板庇……板で葺《ふ》いたひさし。

こども

こどもが生れた
わたしによく似ている
どこかが似ている
こえまで似ている
おこると歯がゆそうに顔を振る
そこがよく似ている
あまり似ているので
長く見詰めていられない

ときどき見に行って
また机のところへかえってくる私は
なにか心で
たえず驚きをしている

（『星より来れる者』）

子供は自然の中に居る

子供らは
何故に私の眼を怖がるか
あらゆる正しさに
善き教えになれている
かれらは自分を見て怖がる
自分はそれを苦しむ

出来るだけ優しくなろうとして
自分はおずおず子供らに近づく

その魂に温められに行く
子供らは自分を見てにっと微笑する
あの大きな開け放した親密さに
じりじりと自分はつめよる
その正しさを感じたさに
神のあどけない瞬間を見たさに
きたない自分をふり落す為《た》めに
あ！　思うても心は善良になる
心は清い羽ばたきをやる
どんなにあの微笑が自分を慰めるか！
どんなにあのあどけなさが
自分を底の底まで温めてくれることか！

子供の前で嘘《うそ》は言えない
子供の前では恥かしいことだらけだ
子供は自然の中に居る
子供らはいつも私共を了解するように
私共をすっかりのみ込んでいるように
正面から静かに私共を眺めている
やさしい正実で
花のような叡智《えいち》の潜勢《せんせい》で
ああ　寛大で
みなぎり切った大きな微笑！
とてつもない自由な新鮮！

お！　此《こ》のよい子供らは
私の顔を怖がって泣くのだ
けものに遭《あ》ったように怖がるのだ
なぜに私が怖いのだ！
自分は過去で苦労をした
絶え間もない困難に打ち勝って来た
これらの傷ついた魂の根
これらのもたらす容貌のいかつさが
此の子供にまで響いて来る
此の子供の心をまで痛ましめる
子供は自分に触れることを厭《いと》う

その清さが厭う
お！　子供は自然の中にいる
立派に美しく
彫り込んだようにしっかりして
そして神の瞬間にいるのだ

（『愛の詩集』）

赤ん坊

その赤ん坊をきみも見たまえ
棄《す》てられし赤ん坊を見たまえ
赤ん坊の赤き肌《はだ》を見たまえ
遂《つい》に死なざりし赤ん坊を見たまえ
遂に生き抜きし赤ん坊を見たまえ
赤ん坊のまなこを見たまえ

（『いにしえ』）

靴下

毛糸にて編める靴下をもはかせ
好めるおもちゃをも入れ
あみがさ、わらじのたぐいをもおさめ
石をもてひつぎを打ち
かくて野に出でゆかしめぬ。

おのれ父たるゆえに
野辺《のべ》の送りをすべきものにあらずと
われひとり留《とど》まり

庭などをながめあるほどに
耐えがたくなり
煙草《たばこ》を噛《か》みしめて泣きけり。

（『忘春詩集』）

我が家の花

そとより帰りきたれば
ちいさきおもちゃの包みかかえ
いそいそとして我が家の門をくぐりしが
いまそのちいさき我が子みまかり
われを迎えいづるものなし。

母おやはつねにしずかにしずかにと言い
あかごの目のさめんことをおそれぬ。
さればわれはその癖《くせ》づきし足もとを静め

そとより格子《こうし》をあくればとて
もはや眠らん子どもとてなし。
かくして我が家の花散りゆけり。

（『忘春詩集』）

おもかげ

よその児《こ》をながめんとて
何しにこころ慰《なぐさ》め得べきものぞ。

よその子はよその子にして
わがおもかげをつたうべきにあらず
されば何しに羨《うらや》むものぞ
かく思えどもよその児のよく肥《ふと》り
可愛《かわい》げなるを見れば
畳を掻《か》くごとくくやしきここちす

みまかりあとかたもなきわが子の
いまはいずこにあらんかと思えば
とり返しのつかぬことをせし、
泣きもえぬことをせしものかな。

（『忘春詩集』）

過失

若き日のあやまちを
きみもまたなしたまいしか
過《あやま》ちは遂《つい》にあやまちにはあらず
母びとよ
われ生きてもの書くすべを覚えければ
いましが過ちをたずね参らすべし
いましが悲しみをつづり参らすべし

（『いにしえ』）

わが名

うつくしき少年の肌を見るとき
われらその肌をねたましとなす。
われらあどけなき少年の日に
わが肌を恋えるやさしき友あり
わが名によりてこよなくいそしみ
街ゆけばつききたる。
いま、わが肌によりて問うものなく
霜《しも》のごとく肌はあれたり。

（『鳥雀集』）

卵

卵をじっと見ていると
お母さんがおもい出されてくる。
どこがお母さんと卵と似ているのか、
お母さんが似ているのか、
卵が似ているのか
卵を手にとって見ると
まんまるくて懐かしく、
少しおもくて何やら悲しい、
なぜかといえば、

卵がお母さんにならないから。
きょうも
卵を見ていると
お母さんのどこかに似ている。

（『東京詩集』）※小説『乙女抄』所収

子守唄

雪がふると子守唄がきこえる
これは永い間のわたしのならわしだ。
窓から戸口から
空から
子もりうたがきこえる。
だがわたしは子もりうたを聞いたことがない
母というものを子供のときにしらないわたしに
そういう唄の記憶があろうとは思えない。

だが不思議に
雪のふる日は聴《きこ》える
どこできいたこともない唄がきこえる。

（『田舎の花』）

家庭

家庭をまもれ
悲しいが楽しんでゆけ、
それなりで凝固《かたま》ってゆがんだら
ゆがんだなりの美しい実になろう
家庭をまもれ
百年の後もみんな同じく諦《あきら》め切れないことだらけだ。
悲しんでいながらまもれ
家庭を脱《ぬ》けるな
ひからびた家庭にも返り花の時があろう

どうぞこれだけはまもれ
この苦しみを守ってしまったら
笑いごとだらけになろう。

（『故郷図絵集』）

第四章　いきもの、いのち

虫や鳥を擬人化するなど、
犀星独特のユーモアや童心、
可笑《おか》しみの感じられる詩編を中心に収めています。

鯛《たい》のうた

鯛はむつかしい顔をしている。
にがりきっている。
すこし　きびしいような顔です。
からだががっしりしていて、
尾もひれも
ぴんとしているからえらそうに見える。
お祝の日にさっそく出て来て、
いばりかえってお皿の上でねている。
鯛のかわりになるようなさかなはいない。

だから　昔から鯛は
そりかえって　いばっている。
いまに　頭と尾とがひっついてしまうでしょう。

（『動物詩集』）

金魚のうた

金魚はびっくりして
うんこをした。
僕がいそいで
えんがわから
とびおりたときに
金魚は水の上にういていたが
ふいにぼくのかげが水にうつると、
金魚はびっくりして
水のそこにしずんで行った。

あんまりびっくりしたので
うんこをした。
うんこはかなしげにういてしずんだ。

（『動物詩集』）

紋白蝶《もんしろちょう》のうた

卒業式の日に
紋白蝶も
椅子《いす》の上、
紋をつけたきもので
かしこまって
歌をうたう。

（『動物詩集』）

考える虫

虫は這《は》えり、
灰いろのしめれる壁に
いとゆるやかにかげをひき。
窓のそとなる秋風に
羽《は》根《ね》立てぬ虫のこころは。

（『十九春詩集』）

なめくじのうた

雨さえふれば
なめくじのさんぽです。
なにがたのしいのか
にんげんにもこわがらずに
へいきになめくじはあるいています。
よく見ていたら
なめくじは苔《こけ》をたべている、
苔はおいしいのか
雨さえふればなめくじのさんぽです。

なるべく日あたりのわるいところを
学者のような顔をしてさんぽです。
さんぽしながら本を読むのでしょう。

（『動物詩集』）

犬

自分はよくその不幸な犬を見た
あるときは跛《びっこ》を曳《ひ》いて
痩《や》せおとろえて歩いていた
自分はその犬の姿を見ると
心にいたみを感じた

私の顔さえ見れば
犬は遠く田甫《たんぼ》の方へ逃げて
危険が自分に及ばない程度で

いつも病人のように長く吠《ほ》えていた
その長く長く吠えるのをきくと
ひとりで私の心は荒く悒鬱《ゆううつ》な怒りを含んだ
卑劣な人に罵《ののし》られたような
はげしい蔑しみと痛みとをかんじた

ことに夜読書していると
びょうびょうと吠えつづいて
自分はよく業をにやした
夜か明けて私はふらふらにめまいがした
すっかり犬の啼《な》くこえがこびりついて
あたまが黄色い煙のように感じることがあった

自分はこの不幸な犬を撲殺《ぼくさつ》しようとさえ
決心したことがあった
自分のあたまもやや変になっていた
毎晩かれの啼き立てる声は
しっかり自分の聴覚をしばりつけた
私は憎んだ
犬は生れたままの野犬であった
温かい人間に愛撫《あいぶ》されたことがなかった
憎まれ苛《さい》なまれて育って来たのだ
私はいつもそう思いながら
ときにはビスケットなど投げてやったけれど
人前ではたべなかった

私は愛していいか憎んでいいか分らなかった

（『第二愛の詩集』）

雀《すずめ》

障子をしめる、
しめこまれた雀がそのまま、
襖絵《ふすまえ》にはめこまれて
もう啼《な》こうとはしない。
庭では冬の夕暮が落ちこみ
つちの底にまでしみついている。

（『日本美論』）

ひげ

ひげはいくら剃《そ》っても生えて来る。
六十年剃っても　まだ生えて来る。
生きていて絶えることを知らない。
きょうこそ　叮嚀《ていねい》に剃ろう、
きのうよりもゆっくり念を入れて。
それは毎日の思いだ。
思いははかなく続く
だがひげは生えて来る。
山にある草よりも早く。

（『昨日いらっしってください』）

第五章　小景異情

『小景異情』からはじまる『叙情小曲集』は犀星二十代後半の詩集で、北原白秋や萩原朔太郎の激賞を受けました。

小景異情

その一

白魚はさびしや
そのくろき瞳はなんといふ
なんといふしおらしさぞよ
*そとにひる餉《げ》をしたたむる
わがよそよそしさと
かなしさと
*ききともなやな雀しば啼《な》けり

その二

ふるさとは遠きにありて思うもの
そして悲しくうたうもの
よしや
うらぶれて*異土《いど》の乞食《かたい》となるとても
帰るところにあるまじや
ひとり都のゆうぐれに
ふるさとおもい涙ぐむ
そのこころもて
遠きみやこにかえらばや
遠きみやこにかえらばや

その三

銀の時計をうしなえる
こころかなしや
ちょろちょろ川の橋の上
橋にもたれて泣いており

その四

わが霊のなかより
緑もえいで
なにごとしなけれど
懺悔《ざんげ》の涙せきあぐる
しずかに土を掘りいでて
ざんげの涙せきあぐる

その五

なににこがれて書くうたぞ
一時にひらくうめすもも
すももの蒼さ身にあびて
田舎暮しのやすらかさ
きょうも母じゃに叱《しか》られて
すもものしたに身をよせぬ

その六

あんずよ
花着け
地ぞ早やに輝やけ
あんずよ花着け
あんずよ燃えよ
ああ　あんずよ花着け

（『抒情小曲集』）

＊そとにひる餉をしたたむる……昼食を（あえて自宅でなく）外でとる。
＊ききともなやな……聞きたくもない。
＊異土……異郷。東京をさすか。

『小景異情』というタイトルには、犀星の脳裏にうかぶ故郷の小景、そこに安住できない自身の心情がこめられており、単なる望郷詩とは一線を画しているとされています。

「その二　ふるさとは遠きにありて――」は、数多くの教科書に採録されるなど、犀星の代名詞となっています。

第六章　故郷と異郷

生まれ育った故郷に対する複雑な想い、
都会という異郷で出会った人々への共感をうたっています。

ゆうがた

ゆうがた
お食事の済んだあと
何気なくお庭に出て
若葉を見ていると
ふいに東京にいることが強く胸を打つ、
ここは自分の家でないこと
すぐに自分の家にもどれぬことに気がつく、
そして何処かで
誰かがうたをうたう。

ゆうがたは
人の心を誘うことが上手で
いつもわたしを困らせる。

（『東京詩集』）

犀川《さいがわ》の岸辺

茫《ぼう》とした
ひろい磧《かわら》は赤く染まって
夜ごとに荒い霜を思わせるようになった
私はいくとせぶりかで
また故郷に帰り来て
父や母やとねおきしていた
休息は早やすっかり私をつつんでいた
私は以前にもまして犀川の岸辺を
川上のもやの立ったあたりを眺めては

遠い明らかな美しい山なみに対して
自分が故郷にあること
又自分が此処《ここ》を出て行っては
つらいことばかりある世界だと考えて
思い沈んで歩いていた
何という善良な景色であろう
何という親密な言葉をもって
温良な内容を開いてくれる景色だろう
私は流れに立ったり
土手の草場に坐ったり
その一本の草の穂を抜いたりしていた
私の心はまるで新鮮な

浄《きよ》らかな力にみちて来て
みるみる故郷の滋味に帰っていた
私は医王山や戸《と》室《むろ》や
又は大日や富士《ふじ》写《しゃ》が岳《だけ》やのの
その峯の上にある空気まで
自分の肺にとり入れるような
深い永い呼吸を試みていた
そして家にある楽しい父母のところに
子供のように　あたたかな炉を求めて
快活な美しい心になって帰って行くのであった

(『愛の詩集』)

未完成の詩の一つ

赤赤しい夕焼
そのしたにぎっしりつまった街と家家
それを見ているとつかれてくる
そこからなにが映ってくるか
そこから自分の心にしみ亘《わた》ってくる
夕ぐれどきのもの売のこえごえ
あわれな時雨《しぐれ》のにおいにまざった
いろいろな生活のこえごえ
窓にもたれて自分はそれをきいている

（『愛の詩集』）

郊外の電車

ある夜
自分は山の手の電車に乗った
まだ宵《よい》のほどであったけれど
客はすくなく
窓外は温かな夜の靄《もや》が深くかかっていた
自分のとなりに若い男女が乗っていた

かれらは静かに殆《ほと》ど無口であった
自分はかれらが上野から乗ったときから
かれらの中に愛のあることを知っていた

女は十八ばかりで
男は若い学生であった
自分は田端で下りた
田端の坂をあがりかけると
かれらも静かにうしろから歩いて来た
かれらは自分らとは別な高台の
靄の深い林のある方へ歩いて行った

私はかえり見て微笑した
かれらがまだ残っている分の幸福を
すっかり持って行ったような気がした
自分が町かどをまがろうとして顧《かえりみ》ると
かれらは二つの影絵のように

靄と立木《たちき》とに添うて歩いていた
かれらは幸福そうであった
あたたかい靄はだんだんにゆめのように
かれらを夜とともにつつんでしまった
自分は同感した
あのゆめのようなのろい歩みようや
そそとした肩つきや
それらは私の印映《いんえい》の内に永くのこっていた
あの人人らに一様の幸福が
なるべく永くこわされないように祈った

（『第二愛の詩集』）

魚

魚をあぶり
菜《な》をきざみてもてなせる人ら
おのが疲れを知らず
酬《むく》いられるべきことを知らず
ただ　あがれあがれとは云えり
ものを食《た》うべ
ひとのなさけの深きをしる
早春
故山《こざん》きびしき中にいてしる

（『いにしえ』）

あさきよめ

悔《くい》のない一日をおくることも
容易ならざる光栄である。
時間一杯に多くのものを読み、
何かを心に書きつらね、
少しもたるみなくきょうを暮そうと、
身がまえてはいるけれど、
鈍間《のろま》な生涯がのろのろと、
山また山の彼方《かなた》に続いている。

山のあなたに幸《さいわ》い住むと、
むかしの詩人はうたったけれど、
山の向うも山ばかりが聳《そび》え、
果《はて》には波打つ海があるだけだ。
なにごとも為《な》しえなかったごとく、
為しえなかったために、
見極めがつくまで生きねばならない。
街《まち》のむこうも街だらけ、
果には山があるだけだ、
幸福なんぞあるかないかも判《わか》らないが、
生きて生き抜かなければならないことだけは確かだ。

（『昨日いらっしってください』）

新しい夜

ある会のかえりに
もう電車もなくなったので
私は上野のステイションへ行ったが
もう最終の列車も出てしまったあとで
しんかんとして人影すらなかった
ただ待合室を掃いている駅夫《えきふ》の
うす暗い姿がむずむず動いているばかりである
ここは疲れたような夜で一杯だ

ふと気がつくと
切符売場の内部はまだ赤赤と点《とも》れていて
まだここは宵の口の町のような明るさだ
駅員と若い女の事務員とが
しきりに何か食事をしながら
微笑《わら》ったり話したりしている
女事務員の頬は美事《みごと》な紅《あか》みで
みっちりふくれあがっている
楽しそうに話している
処女らしい羞恥《しゅうち》も見える
見るものに懐かしげなうっとりした目をもっている
金網《かなあみ》と硝子戸《がらすど》のうちに

ここにはまだ明るい暮れたばかりの
新しい夜がみなぎっている
寝しずまった世界をそとにして
電灯と火と食事と
監督者のいない夜の愉《たの》しい事務があるだけだ
私はこっそりこれらを眺めて
また停車場を出た
夜はふけ亘《わた》って街はしずみ切っていた

（『寂しき都会』）

税関

税関の建物の前で、
船から下りたばかりの夫人がいう、
ここはジャパンよ
ここからがジャパンになるのよ。
小さいお嬢さんが煤《すす》に吹かれていう、
そう此処《ここ》がジャパンなの、
ジャパンは暗いわね。

（『鉄集』）

上野ステエション

トップトップと汽車は出てゆく
汽車はつくつく
あかり点くころ
北国《きたぐに》の雪をつもらせ
つかれて熱い息をつく汽車である
みやこやちまたに
遠い雪国の心をうつす
私はふみきりの橋のうえから
ゆきの匂いをかいでいる

浅草のあかりもみえる橋の上

（『抒情小曲集』）

輝ける街路

しずかにミルク*ホールの卓《つくえ》にもたれ
かすかなるねむりよりさめきたる。
つかれにしや、こころものうく
ともすればねむり入らんとせり。
ああ、かすかに眼をあぐれば
雪はおとなくふりつもり
かがやける街路はただ青し。
このふるさとの雪のなかにしも
わが消えさらんとすれども

こころともしびのごとくかなしみ
あたたかき室をいでてゆかず。

（『鳥雀集』）

*ミルクホール……明治〜大正にかけて市街地に数多くあった飲食店の業態。
現在のカフェにあたる。

活動写真と自分

私がなぜ活動写真にゆくか
晩方《ばんがた》から一人で
くらいマントでからだをまとって
明るい自分の室をあとにしてなぜ出てゆくか

私はいつもあの小屋の中で
一人きりで誰も知らない人人に雑《まじ》って
にがい煙草をふかしたり
下足の札を気にしたりしながら

青いゆめのように動く人かげや
長く白い道路や
またはあやしげな建物などをながめる

そうかとおもうと
肌をあらわにした逞《たくま》しい女らが
音楽のまにまに踊りをやる
ときには街裏にあるらしい荒れた酒場のうすぐらい内部に
いろいろな悲しげな顔をしたものの
ときにはアーク灯のともれた町を往来《ゆきき》しながら
入ったり出たりするのを見る
零落《おち》ぶれた黒いきものをまとうた女らの顔や

そこには必ずつきまとう運命との二人づれ
私はそのなかで嘘も見るし
ありうべからざる作り物をも見るけれど

私はほんとにそこでは私だちに近い
日本語で話してくれるような気がする
そこでは美しいものの影を見ることができる
貧しげな日本の女には見られない
かっしりしたからだを見ることができる
自分の家庭で見ることのできない
齅《か》ぎあてられない美がそこにある

私はやはり訪ずれる
そこでは道化がある
にぎやかな微笑《わら》いのうちに過ごす時間がある
群衆がわらうとき
私も寂しく笑うのだ
いつも家にばかり閉じこもっている私にも
みんなと一つのものに心が溶け合うのを楽しみにするのだ
私だちのようにあの小屋のなかに坐っている人人を見ると
やはり私と同じいように
その目はさびしそうに見える
いつまででも坐って
いつまでも黝《くろ》ずんだ姿をさらしているのを見るのだ

活動写真よ
そのゆききする青い人かげよ
それは私の神経衰弱にはよい慰さめをあたえてくれる
毎夜のように

（『寂しき都会』）

都にのぼりて

わが手にしたたたるものは孤独なり
身をみやこの熱閙《ねっとう》のなかに置けども
深々として夜はむせべるごとし、
したたるものは孤独なり
窓を閉《とざ》して
なにものをか見出さんとするごとく
眼のみいや冴《さ》えかえる。

（『鳥雀集』）

＊熱閙……熱くてうるさいこと、あわただしく動き回っているさま。

都に帰り来て

眠ることなかれ
つねに冴えたる瞳をもて
都会のはてをうち眺め
どよみの中に投げいれよ

つつしみ深く流れ行け
みなぎる渾身《こんしん》の力をもて
あなたに現れ
あらぬ方に輝きつつ

輝ける街路のかたに
眼もくらやみ並木にすがり
みやこの海をわたり行け

（『抒情小曲集』）

第二の故郷

私が初めて上京したころ
どの街区を歩いていても
旅にいるような気がして仕方がなかった
ことに深川や本所あたりの
海近い町の
土蔵作りの白い家並をみると
はげしい旅の心をかんじ出した
しろい鷗《かもめ》を見ても
青い川波を見ても

やはり旅にいる気がやまなかった

五年十年と経って行った
私はとうとう小さい家庭をもち
妻をもち
庭にいろいろなものを植えた
夏は胡瓜《きゅうり》や茄子《なす》
また冬は大根をつくって見た
故郷の田園の一部を移したような気で
朝晩つちにしたしんだ
秋は鶏頭《けいとう》が咲いた
故郷の土のしたしみ味わいが

いつのまにか心にのり移って来た
散歩にでても
したしみが湧いた
そのうち父を失った
それから故郷の家が整理された
東京がだんだん私をそのころから
抱きしめてくれた
麻布の奥をあるいても
私はこれまでのような旅らしい気が失せた
みな自分と一しょの市街だと
一つ一つの商店や
うら町の垣根の花までが懐かしく感じた

この都の年中行事にもなれた
言葉にも
人情にも
よい友だちにも
貧しさにも慣れた
どこを歩いても嬉しくなった
みな自分の町のひとだと思うと嬉しかった
街からかえると
緑で覆《おお》われた郊外の自分のうちの
いきなり門をあけると
みな自分を待っているような気がした
どこか人間の顔と共通なもののあるいろいろな草花、

いろいろな室のもの
カチカチいう時計

自分がいるとみな生きてきた
みなふとった
どれもこれも永い生活のかたみの光沢《つや》を
おのがじしに輝き始めた
庭のものは年年根をはって行った
深い愛すべき根をはって行った

（『寂しき都会』）

汽車

ふるさとの端《はず》れに汽車の入りて
粗末なる家々灰いろに見ゆ
枯れし田圃《たんぼ》に子供らも見ゆ
窓のべに顔さし出していしほどに
汽車は停車場に入れり
そこにならべる顔ども
みな我顔に似て頬《ほほ》とがり
眼はあらぬ悲しみをあらわせり
早春　ふるさとに我は降《お》り立つ

（『いにしえ』）

哀しき都市

都をおもうごとに
こころ哀しく喘《あえ》ぎゆく、
都をおもうごとに
こころ酸《す》ゆくおどりいで
静かに坐ることすらなしえず。

都にはわが残しつる
あえかに悲しき生活《なりわい》あり
その生活のくるしく苦がき顔
ああ、窓をさしのぞく。

都をおもうごとに
ぎんいろの建物すずしく浮み
その窓窓は点灯《とも》れいで
ああ恋いしともこいしや。

都をおもうごとに
庭にいでてまだ朱き緑を見つむ。
都をおもうごとに
夜のふるさとの市街を歩ゆむ
ああ、市街には眼に触るるものなし。

（『青き魚を釣る人』）

急行列車

汽車は急行なり
首も千断《ちぎ》るるの急行なり。
森は走り
家は走り
午後の光は走り
山は平らたくなり
河は鳴り
海は鳴り
海気みなぎり
月出づ、

世界は湧きかえり
世界は戦いのさなかなり。
林と林ともつれ逢い
青田《あおた》の上に娘は流る。
電線は流れ
われはきちがいになり、
村村の灯はちらちら流れ
星はながれ
われは田舎へ流る、
こいしくなり
はるばるおんまえさまを求め。

（『鳥雀集』）

*省《しょう》線《せん》

人にはさまれ
じっとしていると、
故郷の川波が人の肩ごしに見える。
眼をとじると
なお蒼い川波が見える、
残雪の山々、
白い礫《こいし》、
上流にある古い木の橋、
よろよろしている気の毒な橋まで

青写真のように見えてくる
知らない人と人との肩ごし。

（『東京詩集』）

＊省線……省線電車の略。一九二〇年から一九四九年までの間、国の鉄道省などが運営した鉄道で、現在のＪＲ線にあたる。

海浜独唱《かいひんどくしょう》

ひとりあつき涙をたれ
海のなぎさにうずくまる
なにゆえの涙ぞ青き波のむれ
よせきたりわが額をぬらす
みよや濡れたる砂にうつり出づ
わがみじめなる影をいだき去り
抱きさる波、波、哀しき波
このながき渚《なぎさ》にあるはわれひとり
ああわれのみひとり

海の青きに流れ入るごとし

（『抒情小曲集』）

滞郷異信《たいきょういしん》

われ静かに僧院にうずくまり
その眼もかたくとざされてあり。
いかなる日のめぐり来つれば
この眼のひらかるべきかは知らず。
曙《あけぼの》はしずかに展《ひら》かれ
ほのかに窓をあかるくす。

友よ、ふるさとはただに雨ふり
くらき日のみ垂れもなやめり。

その空のくらきをながむれば
わが心はかなしく閉ざされ終る。
友よ、都よりゆめみけるふるさとの十月は
その緑を震わせわが指をおそれたり。

友よ、かの都なる過ぎこしにつかれ
とおくふるさとをおとなわんとして
まずしき旅装をととのえしに
君はその手を振りてとどめたり。
ああ、ふるさとはわがさしのべし手にそむき
つめたき石を握らせり。

友よ、むしろ哀しきわれを生める
その母のひたいに七たび石を加うるとも
かなしきわが出産はかえらざるべし。
まして山河の青きにつつまれあらんは
くるしき窒息《ちっそく》のごとき侮辱《ぶじょく》にして
わが眼はながく開かざるべし。

（『青き魚を釣る人』）

第七章　四季、叙景

四季のうつろい、日々や旅先の情景に接することによって、
惹き起こされた感情をうたった詩編を収めています。

寂しき春

したたり止まぬ日のひかり
うつうつまわる水ぐるま
あおぞらに
越後《えちご》の山も見ゆるぞ
さびしいぞ

一日《いちにち》もの言わず
野にいでてあゆめば
菜種のはなは波をつくりて

いまはや
しんにさびしいぞ

（『抒情小曲集』）

秋

手にふるる秋のつめたさ
植物はひとすじの流れとなりて
次第に幅びろく
小さき魚を泳がしむ。
手に触るる秋を冷たみ
わが身につくる金属を棄《す》てしかど
わが手より*玻璃《はり》のごときもの
しきりに垂《た》れて痛むなり。
秋はもろ葉つらぬき

わが手に垂れて痛むなり。

（『青き魚を釣る人』）

＊玻璃……水晶。

秋の終り

君はいつも無口《むくち》のつぐみどり
わかきそなたはつぐみどり
われひとりのみに
もの思わせて
いまごろはやすみいりしか
夜夜冷えまさり啼《な》くむしは
わが身のあたり水を噴《ふ》く
ああ　その水さえも凍りて
ふたつに割れし石の音

ああああと磧《かわら》のあなたに起る
幾日逢わぬかしらねど
なんという恋いしさぞ

（『抒情小曲集』）

挽《ばん》歌《か》

秋はみじめにしたたり
ゆうぐれはながれそめたり。
空に落葉のかげ映り
かすかに青き匂いのちらばえり。
手はひたいの上に冷え
さみしく唇はかたくとざされたり。

ともよ、おん身の肌にすがりつき
たましいはくらくすすりなく。

ああ、はぐれしかげにすがりつき
たましいはくらくすすりなく。
ときにはげしき明暗のそのおもてに
澄みわたりたる心はたなびく。
ただやすらかに浸さるるままに
平たくなりし心は
聞き惚《ほ》るるがごとく。

孤独となりし泉のほとり
おとなく歩む彼女に
朱《あか》き葉は散りしきて止むことなけれど
神の名にききとられ、それのみに縋《すが》りて

噴きいづる祈りもろとも
とこしなえにわれ、うごかずあれ。
ああ、泉はいま盛りあがる。
こんこんとして
谷間をくだる涙のごとく。

（『青き魚を釣る人』）

氷菓《アイスクリイム》

ゆうぐれ、うすきうれいに
氷菓をすすりてあれば
すこし冷たくなりにけり。
ましろの百合《ゆり》と
しろがねの時計の鳴るこころ
はや秋は目をかがやかす。

(『青き魚を釣る人』)

野のもの

この春、
われ市上に食物を見ることなく
ついに路傍《ろぼう》の野草をあされり、
いたどり　よめ菜　ぎぼしなぞ
日として摘み取らざることなく
和《あ》えて食《お》さざることなかりき、
かれら野のもの茎《くき》をそろえ、
芽をかさねて朝餉《あさげ》の友となる、
＊一揖《いちゆう》してすなわち食したりけり。
春夏過ぎいまは初秋、

行きて路傍の友をたずね見るに
野のものは先を摘まれ
そこより小枝を打ち
しかも悉《ことごと》く花を着けたり、
野菊を見よ、
いたどりを見よ
ぎぼしを見よ
わが折りたる芽のごとき物ともせず
みな燦《さん》として山中の花也。

（『旅びと』）

＊一揖……一礼、おじぎ。

旅びと

もみじした遠い山の上を
杳《かす》かに紆《う》ねる径《みち》を
幾まがりまがりながら
径は上州の古い町並にはいる。
碓氷《うすい》を越えなければならぬ。
秋おそく旅びとは一人も通っていない、
人の声なぞもしない、
何処まで行っても
燎爛《りょうらん》としたもみじした明るさがあるだけだ、

日はもみじの下ではなかなか暮れない、
径は谷にそうて下り
また山に向うて登るようになり
渓流は一面にくれないの葉を乗せ
錦《にしき》のつづれをかなでる、
人は其処《そこ》で喉をうるおし、
径《みち》をまがり
径の平地に出て
暮れないうちに次ぎの町に行かねばならぬ。
尋ねんに家はなく、
また人もいないのに、
人は振り返り

立ち停まりながら行くのだ、
古い町はまだ見えて来ない。

（『旅びと』）

秋思《しゅうし》

わがこのごろのうれいは
ふるさとの公園のくれがたを歩む
芝草はあつきびろうど
いろふかぶかと空もまがえり
われこの芝草に坐すときは
ひとの上のことをおもわず
まれに時計をこぬれにうちかけて
すいすい伸ぶる芝草に
ひとりごとしつつ秋をまつなり

（『抒情小曲集』）

色

浅黄緑の色がこぼれる。
雪のあいだから匂《にお》うて来る
盛りこぼれて来るようである。
それは手ですくえそうに低い、
すぐ木の間にある、
炬燵《こたつ》からそれを見ていて
飽きることを知らない、
きょう　はじめて見たものでもなく
何千遍《なんぜんべん》も見なれていたそらの色なのだ、

それだのに
いいようもなく劬《いた》わりぶかく
またたぐいなく優しく
ことばこそないが
そういう優しさをもつ人のそれのよう
眼にふれてくる色だ
しなって肩にもたれてくる色なのだ。
人のかわりになる劬わりを持つ色なのだ。
だが　日没になり
瞬時にしてその色は消えた、
浅黄色《あさぎいろ》はあえなく消え失せた、
そして灰だみた雪もよいとなり

雪もよいはくらく沈んで
風さえ加わって来た、
先刻のやさしさのあと方もなく
美しさもとどまることなく
冷然《れいぜん》たる冬景色に変った。

（『旅びと』）

加茂川

加茂川の岸に佇《た》つとき
わが呼吸絶ゆるがごとし。
ましてあさ瀬の蒼《あお》きゆらめきに
こころ哀しくとどまり
痛みゆけどもかたみに去りがたし。
きけ、枯草に雀ないており
あさのなやみに雀啼《な》いており。

（『鳥雀集』）

野も山もわすれた

パンツ一枚きり
泥靴《どろぐつ》もはいていない
臍《へそ》は悲しげに空を見ている
人のまごころなぞは
何処をさがしても見つからない
そして巷《ちまた》の中にかれらは立つのだ、
虹《にじ》も見えず
やさしい人の行くのも見えず
生みの母をわすれ

山を見ないかれらが立つのだ
何とかして儲《もう》けよう
何とかして人の眼を胡麻化《ごまか》そうというのだ
パンツ一枚きり
その論《あげつら》らうべきことを知らず
未来のことを仰がず
あばらに木枯が吹きすさび
やみやはやみで物事を片づけない
山も野もわすれたかれらが立つのだ。

（『逢いぬれば』）

酒場

酒場にゆけば月が出る
犬のように悲しげに吼《ほ》えてのむ
酒場にゆけば月が出る
酒にただれて魂もころげ出す

(『抒情小曲集』)

朝の歌

こどものような美しい気がして
けさは朝はやくおきて出た
日はうらうらと若い木木のあたまに
すがらしい*光をみなぎらしていた
こどもらは喜ばしい朝のうたをうたっていた
その澄んだこえは
おれの静かな心にしみ込んで来た
おお　何という美しい朝であろう
何という幸福《しあわせ》を予感せられる朝であろう

（『愛の詩集』）

*すがらしい……すがすがしい。

雨

雨いたれども月ひかりいで
去らんとして冬はなおとどまる。
樹々の梢《こずえ》はむらさきに抽《ぬき》ん出で
わがひたいをば傷つけり。
きずつけるひたいを愛するものなけれど
わが昂奮《こうふん》は樹木を裂くごとし。

ああ、かえらざるわかき面《おもて》は
かの落葉の過ぐるにまぎれ

空のとおきにあり。

（『青き魚を釣る人』）

石一つ

石を眺《なが》め悲しいというものあらんや。
姿おかしく
されど皺《しわ》深く蒼《あお》みて
雨にぬれるとき悲しというものあらんや。

わが性《さが》はつねに
ひらたく美しからぬ庭石をながめ
そをわが家にはこび
日ねもすは眺めあかぬなり。

竹の葉すこしく植え
そのかたえに語ることなき生きものの
石一つ坐りいるよ。

われはうつけものの
年わかく世を厭《いと》うといわば人人の嗤《わら》わん。
されどいつわりにはあらず。
まことは俗流のひとなるがゆえに
佇《たたず》みて石をばながむ。

こころあらば
誰かわが家に来《きた》りて

水など打ちそそぎたまえ。
語ることなき石あおみて
しだいにおのが好む心をば得ん。

（『高麗の花』）

日本のゆうぐれ

花と花とがもつれ合う
色がまじる
そよかぜは耳にすら音がない、
結婚みたいなものだ、
日本のゆうぐれは柔らかい
卵の内部のように点《とも》れ
人びとはそのまわりに集《つど》う。
いみじい物語を抱いて。

（『日本美論』）

鏡

おれは鏡の中を歩いていた
おれは鏡を踏み破って歩いていた
おれは美女の瞳《ひとみ》の中を歩いていた
おれは快活に歌いながら歩いていた
おれは気がつくと月の中を歩いていた
月の光でくさくなりながら歩いていた
おれは燐《りん》の粉をくッつけて歩いていた
おれはそれほど月の底を歩いていた
月の底はどろどろだったり

鏡のように冴《さ》えていたりした

（『鉄集』）

紙

紙は白い、
紙のなかにもやもやもやがある、
もやもやは雪になる、
雲になる、
雲は夕ばえになり
月映《ば》えになる、
紙の向うが往来になり
人がとおる、
人が咳《せき》をする、
人はよい声を立てる、

紙は白い、
しめ忘れた雨戸から、
白い月夜がさし覗《のぞ》く、
紙には奥もなければ
底知れぬということはない、
だが
たしかに紙には奥があり
白い家がならび
人の話声が終日している
ひそひそと囁《ささや》かれている。

（『日本美論』）

景色

渓川《たにがわ》の水があまり美しいので
僕はそれに口をつけて飲んだ。
僕は顔をあげたときに、
まるで渓の景色が変って見えた。

（『鉄集』）

剣をもっている人

剣をいただいて立っている山岳、
山岳ら剣を護《まも》って列《つら》なっている。
剣は永劫《えいごう》に錆《さ》びず
剣は物すごい荒鉄《あらがね》を鍛《きた》えて
物言わずに截《き》り立っている。
剣はボロボロの山襞《やまひだ》のあいまに、
微《かす》かな埃《ほこり》さえ加え、
暗黒色にガッチリと何者かと刃《は》を合している。
その音は鳴りひびいて聞える。

(『鉄集』)

孤《こ》峰《ほう》

山と山のあいに
遠い山が一つだけある
遠い山は遠いだけ偉そうに見える
もみじの色も濃い
そこへ行くには上州からも
信州からも登れない
越中《えっちゅう》から廻って登らなければならない
そんな遠いところに山はいるのだ
それだから一層その山は偉そうだ

耳のようにつッ立っていて
ほかにならんでいる山も
かれの友だちではないらしい、
何処からも結局登れないところに
かれは何億年もいるのだろう。

（『旅びと』）

悲鳴

狼《おおかみ》のように瘠《や》せた山が
首を擡《もた》げて遠吼《とおぼ》えをしている
背中はがつがつして
肉は剥《は》げ落ち
骨は尖《とが》り
まなこは惨《むご》たらしくかがやき
しばらくも鳴きやむことを知らない
吼《ほ》えずにいられない
その声は夜になれば山々に
山々の猪《いのしし》のような奴

熊やあざらしのような奴
蟒《うわばみ》のような屋根つづきの奴らに
呼びかけ吼えかけ
友だちのからだを揺すぶるのだ
猪や熊やうわばみらも
それぞれにみな吼えたけって
天に対《むか》っていまは悲鳴のある限りを続ける
天には誰もいるわけではなく
山にもそれを聞き分ける聡明はないが、
その吼えごえだけは*殷々《いんいん》と聞き分けられる
悲鳴だけはわかるのだ
肉は落ち
骨はがりがり露《む》き出て

まなこの窪《くぼ》んだけだものらは
かくて吼えやむことを知らない
喉のかぎりをつくして鳴くのだ
夜となく
昼となく
氷雪の頂を挙げた
山腹にひどい波を打せながら
悲鳴をつづける
山鳴りはかくて絶える暇がない、
悲鳴は時間を超越している。

（『旅びと』）

＊殷々……大地を揺るがすような音がとどろくさま。

旅のかなたに

わが旅はつくることなく
わが哀しみの消ゆるときなし。
旅にいづればこころよみがえり
あたらしく心勇みいづ。
われみずからの心をしたわしみ
きょうも貧しき旅のかなたを指さす。
なまめかしき枯木を裂くごとき
われに山河のうつりくるときの
わがよろこびは唇をあかるくす。

（『鳥雀集』）

通りぬけ

山に耳をあてても
何も聴えてこない
寝すがたの大きさは
どう計りようもない程だ、
けれども
夜中になると
空気は張り
しきりに耳なりがする、
硝子というものを通り抜けができたら
こんな静かさがするのだろう

どこから
どこへ抜けて出ても
かくれるところがないのだ
見通しされる山の中は
夜中でも
星あかりで一杯だ
耳なりがしてくるのは
山の鼓動がきこえるのではないか
耳をあててきいても
何も聴えて来ないのに
山にはたしかに鼓動がある

（『旅びと』）

七尾《ななお》の海

自殺したる友がふるさとのこの港、
なぎさをゆけば浪《なみ》もおとなしく
わがひたいに映りなじみたり。
うれしや雪もうすくふりいで
旅のこころもあたたかに
その友としみらにあゆめるごとし。
ともよ、君がふるさとにながれも来たり、
こころしきりに君をよびさまし
この荒れたる冬にかたらんとす。

（『鳥雀集』）

山の温泉《ゆ》

めざむれば、寂しやひとり
うぐいすの蒼き谷間に啼《な》き居れり
寂しや、ただに啼き居れり
朝はすずしく明らかによくぞ晴れたり
と見れば
谷あいの畑にいとも静かに
畑打つおみなあり
寂しやわれひとり山の温泉にありて
ものの本などを読む。

（『青き魚を釣る人』）

幕の外

幕の向側に誰がいるのだ
うそうそ呟《つぶ》やいているのは誰だ
人間か　けだものか　死のバカ者か
おーい　そいつらに退《の》けといってくれ
おれは通る　やけくそに生きのこってやる

（『晩年』）

山も河も

ここにあるもの山も河も老い
人も老い
木々も老い
ひさかたのわれも老い
誰も彼も死にはてたるはなし
死にかかわらぬ話とてはなし
山も河も
人もみなよろけ老いけり

（『いにしえ』）

三年山中

三年間僕は山中にいたが
まなぶ自然にはてしがなく
何処にも分ったという結論が出ない
僕はついに引き上げることにした
僕の命をここで棄てても
自然はまなび尽せないであろう
卅分《さんじっぷん》見ておれば沢山なのに
僕は三年間山を見ていたのだ
見ているうちにはるは三度も遣《や》って来た

これではどうにも限《きり》がつかないだろう
あとから遣って来て
それを迎えているひまもない
見たまえ
僕の友は戦争中にみんな亡くなった
ただひとりの友までも
あえなくなって終った
僕だけが生きのこり
うしろから送る夕栄えをきょうも見る
ついに山中では僕の命は終らなかった
みやこにある僕の庭に
まなんだ自然をえがこうとはしないが

あらわれて行けば僕はえがくだろう
亡き友らの
かよう小径《こみち》くらいは作れるだろう
絶えなんとしてつづく小径が
僕の机のあるところまで
僕の頭のつづくまで伸べられるだろう。

（『逢いぬれば』）

寂しき椅子

いつも来て坐る椅子にもたれ
沈んで考えることが好きだ
日がくれる
わたしは訪れてゆく
哀しきその椅子のあるところに
波うつ杯をしたいて
永き夜をかくては送る
いつはてるとなき
深きいたみに

（『抒情小曲集』）

手紙

僕は手紙をかいて出した、
風ほこりで向う岸が見えない、
草は枯れ灰色の烟突《えんとつ》が見えている
遠くの込んだ町に
白い手紙の行先が見える、
宛名も所も
そこにいる人も知って出したのだ、
だが　いまだに返事がない、
たくさんの友の死のあいだに

僕は窮屈《きゅうくつ》にはさまれ
首だけ出して、
その遠い返事をまだ待っている。

（『女ごのための最後の詩集』）

夕あかり

もう夕あかりは
どこにもとどまっていない、
もし夕明りがとどまっているとしたら
それはもやのような
柔らかい全体的なものにすぎない。
そんな景色に
＊樫鳥《かしどり》は一日のくれてゆくのを
どうにかとどめようと
遠くですばらしい立派な声で鳴く、
ひとこえなくごとに

もやのような夕ぁかりは
山にも
木の間にも
もうりんかくさえ見せていなくなった。
けれども樫鳥は鳴くことを止めようとしない
あるかないかの明りにすがる
悲壮な彼のこえだけが
こだまを返して
平原のはてにひろがる。

（『旅びと』）

＊樫鳥……カケスのこと。

龍安寺石庭《りょうあんじせきてい》

おれは水の音に聞きとれていた
微《かす》かなあるかないかの
噎《むせ》ぶような水の音であった
おれは誰かがななめに廊下を
くろ髪を垂《た》れて過ぎるのを見とれていた
艶《つや》のある真黒なひとみだった
おれは石の数をかぞえていた
石は七つくらいしかなかった

よく見ると三つくらいしかなかった
なお　よく見ると
ただの一つあるきりであった

おれはしかし遂に無数の
石の群がりに遮《さえ》ぎられていた
石はみな怒り輝いていた
石はみな静まり返っていた
石はみな叫び立とうとしていた
ああ　石はみな天上に還《かえ》ろうとしていた

（『鉄集』）

遊離

ひさしぶりで街へでてて見たくなった
家のものをさそうて
ぴったり戸締りをして
みんな電灯を消してでかけた
家のなかは暗く陰気になってみえた
そとへ出てもう一度ふりかえって
あんなに家を暗くしておかなければよかったと思い
うちの道具るいが冷たくなったようで
変に可哀想な気がした

街はにぎやかだった
喫茶店へも寄り
すこしばかりの買いものもし
暗い停車場でおりて歩きにくい道をあるき
うちの前へかえってくると
どこかの貸家のように寒そうに見えた
ガタガタした戸をあけると
妙にその音がひびいて淋しかった
いきなり一つずつの室にみな電灯を点した
室はみな息をふき返して生きかえった
あるべきものはあるところにあり
べつに何のかわりもない

しかしすぐに坐ることのできないような気がした
もの珍らしそうな気がするのだ

（『寂しき都会』）

四十路《よそじ》

逢《あ》いたきひとのあれども
逢いたきひとは四十路すぎ
わがそのかみ知るひとはみな四十路すぎ
四十路すぎてはなんのおとめぞ
おとめの日のありしさえ
さだかにあわれ
信じがたきに

（『いにしえ』）

よき友とともに

心からよき友をかんじることほど
その瞬間ほど
ぴったりと心の合ったときほど
私の心を温めてくれるものはない
友も私も苦しみつかれている
よいことも悪いことも知りつくしている
それでいて心がかち合うときほど嬉しいときはない
まずしい晩食の卓をともにするとき
自分は年甲斐もなく涙ぐむ

いいしれない愛情が湧く
この心持だけはとっておきたくなる
永く　心にとっておきたくなる

（『第二愛の詩集』）

みな去る

結局　みないなくなる
一人見えなくなり
また一人いなくなる
こんどは三人も見えなくなる
何処にもいなくなる
しばらくの間に
かぞえて見れば
十何人もいなくなる
あまりたくさんいなくなり

ついにかぞえることも出来なくなる
その人らはもう
何処にも生きてはいない
呼んでもふりかえる人ではない
かぞえれば
減って行くところを知らない

＊随筆集『泥孔雀』（一九四九）所収

道

パンを求めゆくの道なり
狂気にもなる道だ
電車と自働車とに埋《うも》るるの道なり
道は正直なり
人間が人間の
たましいの踏み潰されるところだ
太陽と月光との道であり
われと君との道であり
むしけらの道でもある

ときにふるさとの愛
あきらかに夏は
その道の上に落ちる
母と父と
愛の湧くところの道だ

（『抒情小曲集』）

見失う

きょうもきのうも
そのまたおとついも
あすもあさってでも何年先にも
おなじことを書いていたのだ、
黄ろい紙のうえには
ほしい言葉がなかなか見つからない、
きょうは空っぽで間もなく
日没がまたやってくるけど
誰の生涯もそれに似ている

ほしい言葉をいつも見失うて。

（『女ごのための最後の詩集』）

鷲《わし》の詩

自分はまだ愛を受けない
自分はまだ触手《しょくしゅ》されたことがない
自分は正当に万人とともに孤独だ
自分は庭へ出て
草花に水をやったり
柿の木の下に椅子を置いたり
そこに坐して風をきいたり
高い空を眺めたりしている
自分が草花に水をやるとき

自分は新らしいものらの　光の
自分の心にのりうつることを知る
凛然《りんぜん》とした
あれらのよき匂いと姿勢とは
僕のゆがんだところを正しくする
僕の心をいとやさしくする
こなれて僕の英気となるのだ
僕を活潑《かっぱつ》にするものだ
僕の顔いろをよくしてくれるものだ
毎日毎日鷲のような孤独を感じ
鷲のように凡《すべ》てから離れ住んで
いま此等《これら》の正しきものらに触手する

しみじみ讃嘆《さんたん》する
自分はいまの年齢によって初めて
草木《さうもく》の値を知るのだ
自分の知らなければならないものらは
この世にどれだけ多くあることだろう
あせりにあせり
いま此処《ここ》を通る

（『愛の詩集』）

コラム　犀星と龍之介

室生犀星（一八八九―一九六二）と芥川龍之介（一八九二―一九二七）は詩壇や文壇で互いを認めあい、研鑽《けんさん》しあう仲でした。

芥川は身辺雑記や随筆などでたびたび、犀星の人となりに触れています。

「僕を僕とも思はずして（略）〝そのステッキはよしなさい〟とか、入《い》らざる世話を焼く男はあまり他にはあらざらん乎《か》」（『田端人―わが交遊録―』）「僕の知っている連中でも大抵は何かを恐れている（略）この恐怖の有無になると、室生犀星は頗《すこぶ》る強い」（『出来上がった人』）。

また『軽井沢日記』には犀星の発案で、萩原朔太郎などと連れ立ってテニスコートを見に行ったり、ココアがけアイスを皆で賞味したり、花札に興じたりする様子が描かれており、気のおけない間柄であったことがうかがえます。

犀星は「魚眠洞」という雅号を用いていた時期があり、芥川が「餓鬼」という号を「澄江堂」に付け替えた頃であったと述懐《じゅっかい》しています。

そんな犀星にとって、芥川の自死による衝撃が相当なものであったことは想像に難くありません。犀星は追悼文などの依頼をすべて断り、またこれ以降「魚眠洞」を使わなくなったとされています。

室生犀星略年表

年号（西暦）	年齢	事項
明治二十二（一八八九）年	〇歳	八月一日、石川県金沢市にて出生。生後まもなく養母に引き取られ、その私生子として出生届がなされる。
明治二十八（一八九五）年	六歳	金沢市野町尋常小学校入学。
明治二十九（一八九六）年	七歳	養母の内縁の夫の養子となり、室生姓を名乗る。
明治三十一（一八九八）年	九歳	実父の死去を機に実母が失踪。犀星は終生、実母に会うことがなかった。
明治三十二（一八九九）年	十歳	尋常小学校卒業。
明治三十三（一九〇〇）年	十一歳	金沢高等小学校入学。
明治三十五（一九〇二）年	十三歳	高等小学校退学、金沢地方裁判所に勤め始める。上司に俳句の指南を受ける。

明治三十七（一九〇四）年	十五歳	句作を開始、投稿をスタートさせる。
明治四十（一九〇七）年	十八歳	「新声」に「さくら石斑魚にそえて」が掲載され、職業として詩人を意識する。
明治四十二（一九〇九）年	二十歳	句作から詩作へ移行する。
明治四十三（一九一〇）年	二十一歳	上京し、北原白秋らを訪う。これ以降、金沢と東京を頻繁に往き来するようになる。
大正二（一九一三）年	二十四歳	「滞郷異信」が斎藤茂吉に賞賛される。五月「小景異情」を発表。この詩を読んだ萩原朔太郎からファンレターが届く。
大正三（一九一四）年	二十五歳	親交を結ぶようになった朔太郎らと「人魚詩社」設立。
大正六（一九一七）年	二十八歳	養父、死去。家督を継ぐ。文通相手の浅川とみ子と婚約（翌年結婚）。
大正七（一九一八）年	二十九歳	知人を介し、芥川龍之介と知りあう。田端（東京都）に新居を構える。『愛の詩集』『抒情小曲集』刊行。

大正八（一九一九）年	三十歳	『第二愛の詩集』刊行。「性に眼覚める頃」「或る少女の死まで」の発表により、小説家としても頭角を現す。
大正九（一九二〇）年	三十一歳	この頃から「魚眠洞」「魚生」などの号を用いるようになる。
大正十一（一九二二）年	三十三歳	前年出生した長男が早逝。
大正十二（一九二三）年	三十四歳	『青き魚を釣る人』刊行。　長女出生。
大正十三（一九二四）年	三十五歳	講演会で訪れた金沢に龍之介を招き、兼六園にて歓待。
大正十四（一九二五）年	三十六歳	処女随筆集『魚眠洞随筆』を刊行。
大正十五（一九二六）年	三十七歳	次男、出生。
昭和二（一九二七）年	三十八歳	龍之介、自殺。
昭和三（一九二八）年	三十九歳	養母、死去。

昭和十七（一九四二）年	五十三歳	萩原朔太郎、北原白秋、死去。
昭和三十一（一九五六）年	六十七歳	『杏っ子』新聞連載（昭和三十三年映画化）。
昭和三十四（一九五九）年	七十歳	『蜜のあわれ』刊行。妻とみ子死去。
昭和三十七（一九六二）年	七十三歳	三月二十六日、肺癌のため死去。享年七十三。
昭和三十八（一九六三）年		金沢市に文学碑建立。「小景異情」（その六）の詩句が刻まれた。

作品目録（詩歌集、編年順）

※本書に作品が収載されている詩集はゴチックで表記した

『愛の詩集』 大正七（一九一八）年一月
『抒情小曲集』 大正七（一九一八）年九月
『第二愛の詩集』 大正八（一九一九）年五月
『寂しき都会』 大正九（一九二〇）年八月
『星より来《きた》れるもの』 大正十一（一九二二）年二月
『田舎の花』 大正十一（一九二二）年六月
『忘春詩集』 大正十一（一九二二）年十二月

『青き魚を釣る人』大正十二（一九二三）年九月
『高麗の花』大正十三（一九二四）年九月
『野いばら』大正十五（一九二六）年六月
『故郷図絵集』昭和二（一九二七）年
『鶴』昭和三（一九二八）年九月
『鳥雀集』昭和五（一九三〇）年六月
『鉄《くろがね》集』昭和七（一九三二）年九月
『十九春詩集』昭和八（一九三三）年二月
『十返花』昭和十一（一九三六）年二月
『美以久佐』昭和十八（一九四三）年七月

『いにしえ』昭和十八（一九四三）年八月

『動物詩集』昭和十八（一九四三）年九月

『日本美論』昭和十八（一九四三）年十二月

『旅びと』昭和二十二（一九四七）年二月

『逢いぬれば』昭和二十二（一九四七）年十月

『哈爾浜《ハルビン》詩集』昭和三十二（一九五七）年七月

『昨日いらっしってください』昭和三十四（一九五九）年八月

〔著者紹介〕

室生犀星

詩人、小説家。明治22(1889)年生。石川県金沢市出身。高等小学校中退後、地方裁判所に勤務するかたわら句作を始め、のちに詩作・小説に移る。上京と帰郷を繰り返しながら、大正7(1918)年処女詩集『愛の詩集』出版。代表作に詩集『抒情小曲集』、小説『性に眼覚める頃』『幼年時代』『杏っ子』『わが愛する詩人の伝記』『蜜のあわれ』『われはうたえどもやぶれかぶれ』等。菊池寛賞、読売文学賞、毎日出版文化賞、野間文芸賞など各賞受賞。昭和37(1962)年死去、享年73。

わが肌に魚まつわれり

室生犀星百詩選

2016年1月27日　第1刷発行

著　者　室生犀星

発行者　宮下玄覇

発行所　MPミヤオビパブリッシング

〒102-0083
東京都千代田区麹町6-2麹町6丁目ビル2F
電話(03)3265-5999　FAX(03)3265-8899

発売元　株式会社宮帯出版社

〒602-8488
京都市上京区寺之内通り下ル真倉町739-1
営業(075)441-7747　編集(075)441-7722
http://www.miyaobi.com
振替口座 00960-7-279886

印刷所　シナノ書籍印刷株式会社

ISBN978-4-8016-0045-4 C0292